JN120624

ねこ まこ ねこ まこ なかよくなーれ

ふくだ ゆみ　イラスト きのした ひらこ

文芸社

コロナ禍で、いろいろと制限されることが多く、遠くに住む孫の真子に何か楽しいことをしてあげられないかと考えていた時、ちょうどひらがなに興味を持ち始め、何でも読もうとしているということを息子から聞き、真子だけが楽しめるお話を作ろうと思いました。真子が自分で読んでいるうちに思わず笑顔になっている姿を思い浮かべながら書きました。そして真子が話しかけられているかのように「まこ」という名前が何度も何度も出てくるようにしました。全部ひらがなで書いて送ったところ、真子から「おばあちゃん次のお話は？」と聞かれ、次々にお話を書いては送るということになったのです。

本書は、それらをまとめ、漢字を織り交ぜて整理し直し、1冊の本にしたものです。

もくじ

1　赤ちゃんと　ねね

ねねは　おじいちゃんと　おばあちゃんと　くらしている　女の子の　ねこです。おじいちゃんと　おばあちゃんの　宝ものです。いつも　おじいちゃんと　おばあちゃんの　そばに　います。ねねは　おじいちゃんや　おばあちゃんの　ひざの　上に　のって、頭や　体を　なでてもらうのが　大すきです。とくに　のどを　なでてもらうのが　一番すきで、うっとりした　目で　のどを　グルグル　鳴らします。

ところが　ねねが　１才の時、大じけんが　おこりました。なんと　ねねの　家に　赤ちゃんが　やって来たのです。おじいちゃんと　おばあちゃんの　子どもの　子どもです。まこちゃん　という　名前の　かわいい　女の子です。赤ちゃんが　来てからは、いつも　「ねねー」と　話しかけてくれる　おじいちゃんと　おばあちゃんの、「ねねー」の　回数が　へりました。

「ねねー」の　かわりに　「まこちゃん」が　ふえました。ねねは　さみしくなりました。そして「何だ？　何だ？　どうなっちゃったの？」と。

　さらに　目玉が　とび出るくらい　おどろいたことに、いつも　ねねが　すわって　頭を　なでてもらっている　おじいちゃんや　おばあちゃんの　ひざの上には　かわるがわる　その赤ちゃんが　だっこされています。

　ねねは　ショックのあまり　口の　形が　しばらくの間　四角く　なりました。

　ねねは　びっくりすると　口の　形が　四角くなります。悲しくて　「わたしの場所なのに。わたしのことも　だっこしてーーーっ！」と　泣きました。でもみんなには　「ニャーン　ニャーン」としか　聞こえていません。

　ねねは　おじいちゃんや　おばあちゃんの　ひざの　上から　赤ちゃんが　いなくなったら　いつもの　ように　すわろうと　遠くから　じーっと　すわれるチャンスを　今か今かと　まっていました。

　ところが　ひざの　上から　赤ちゃんが　いなくなると、おじいちゃんは

おふろに　行ったり　トイレに　行ったり、　おばあちゃんは　というと　ごはんを　作りに　キッチンへ　行ったりと　ねねが　おじいちゃんや　おばあちゃんの　ひざの　上に　すわれる　チャンスは　まっても　まっても　来ませんでした。　悲しくて　悲しくて　ねねは　泣きました。

「ニャーン　ニャーン！」

　夜に　なりました。　赤ちゃんは　パパと　ママと　いっしょに　ねむっていて、　おじいちゃんの　そばにも　おばあちゃんの　そばにも　赤ちゃんが　いません。　ねねに　チャンスが　回ってきました。「今だ！」とばかりに　ねねは　おじいちゃんの　ふとんの　中に　もぐりこみました。　おじいちゃん

は「あっ　来た　来た！　まってたよ」と　言うと　いつものように　やさしく　頭や　体を　なでて　くれました。ねねは、　夜は　おじいちゃんと　ねています。「やっぱり　おじいちゃん　大すき。　ずっと　さみしかったんだから」とのどを　グルグル　鳴らすと、　いつもの　ように　ぴったりと　おじいちゃんに　くっついて　いつの間にかねむってしまいました。

　おばあちゃんは、　いつか　ねねとまこちゃんが　ならんで　ねむる日が来たら　どんなに　すてきだろうと思い、〝ねこ　まこ　ねこ　まこなかよくなーれ〟　という　まほうの言葉を　こっそりと　作りました。

2 まこと ねこせんぱい

ねねは 2才に なりました。 まこちゃんは 1才に なって パパと ママと ねねの 家に やって来ました。 ねねの 方が 1才年上なので、 まこちゃんの ママは ねねの 前に しゃがみこむと 「ねこせんぱい よろしくね」と ねねの 頭を やさしく なでてくれました。 ねねは うれしくなって ママの 足に 体を 何度も何度も すりすりしました。 その時です、 まこちゃんを 見た ねねは びっくりして 口が 四角い形に なりました。 まこちゃんが 大きく なっていたのです。 その上 前は ねてばかりいる 赤ちゃんだったのに ハイハイしています。 もっと おどろいたことに、 ハイハイして ねねの あとを ずんずん おいかけて来るのです。 ねねは 生まれてはじめて ハイハイする 赤ちゃんに おいかけられたので、「何だ？ 何だ？ 何で おいかけて来るの？ こわいよ～」と さけびましたが、 だれに

も　ねねの　言葉が　わかりません。「ニャーン　ニャーン！」と　聞こえるだけでした。

　そして　またまた　おじいちゃんや　おばあちゃんの　ひざの　上に　だっこされています。ねねが　「わたしも　だっこしてー！　そこは　わたしの　場所なんだから！」と　「ニャーン　ニャン」と　鳴いた　その　しゅんかん、まこちゃんと　目が　合いました。まこちゃんは　ねねを　「ニャー　ニャン！」と　呼ぶと　おじいちゃんの　ひざの　上からするりと　下りて　ねねを　おいかけて来ました。すごく　はやいハイハイです。ねねは　「シャーッ」と言って　毛を　さか立てるとよそ見することなく　ものおきへと

もうダッシュで　にげました。　ものおきは、　いろんなものを　しまう所なので　かくれるのには　ピッタリな　場所です。　しばらくは　耳を　すませて　ものおきで　じーっと　していることに　しました。

しかし　長い間　かくれているのに　だれも　さがしに　来ません。　その上、　おじいちゃんと　おばあちゃんの　笑う声、　まこちゃんの　「キャッ　キャッ」という　楽しそうな　声が　聞こえてきます。「おじいちゃん、　おばあちゃん、　『ねねー！』って　わたしの　ことを　さがしに　来て！」と、　さけびたくなりました。　でも　かくれているので　声は　出せません。　悲しくても　見つからないように　しくしく　泣きました。　いっぱい　いっぱい　泣きました。　そして　いつの間にか　ねむって　しまいました。

ずいぶん　時間が　たって　ものおきに　だれかが　入って来る　音が　しました。おじいちゃんと　おばあちゃんです。「ねねー　どこに　いるの？　ごはんも　食べないで　おなか　へったでしょう？」と　ねねの　ごはんと　お水を手に　持っています。長い間　ずっと　かくれていたので　おなかは　ペコペコ、のども　カラカラです。すぐに　おじいちゃんと　おばあちゃんの　所に出て行き、ごはんを　食べました。お水も　たくさん　のみました。

おばあちゃんは　ねねの　前に　しゃがみこむと　「びっくりしたね。でもまこちゃんは　ねねと　なかよく　なりたい　だけなんだよ」と言って、頭をつつみこむように　りょう手で　なでてくれました。体も　いっぱい　なでてくれました。すっかり　うれしくなった　ねねは、のどを　グルグル　鳴らすと、おばあちゃんの　足に　何度も　何度も　体を　すりすりしました。

おばあちゃんは、ねねの　耳もとで　「ねこ　まこ　ねこ　まこ　なかよくなーれ」と　まほうの　言葉を　つぶやきました。

3「シャー!」の ひみつ

ねねが　3才に　なった　ある日、　まこちゃんが　ねねの　家に　やって来ました。　まこちゃんは　2才です。　ねねは、　わたしの　方が　せんぱいだと思っています。　ママにも「ねこせんぱい」と　呼ばれています。

まこちゃんを　見た　ねねは　またまた　びっくりしました。　おどろきすぎて口の　形が　また　四角に　なっています。

前は　ねねと　同じような　かっこうで　ハイハイしていたのに、　今は　2本の　足で　立って　歩いています。

まこちゃんの　パパや　ママ、　おじいちゃんや　おばあちゃんと　同じように歩いたり　走ったり　しています。　もっと　おどろいたことに、「ねねちゃん。こんにちは。　まこちゃんだよ」と　ねねに　言うのです。　びっくりしすぎてねねが　毛を　さか立てて　かたまっていると、　こんどは　走って　こっちに

やって来ます。　そして　にげると　ついて来るのです。　ねねは　いつもは
おいかけられることが　ないので、
こわくて　たまりません。
ハイハイの時とは
くらべものに　ならないくらい
ものすごい　はやさで　まこちゃんが
おいかけて来ます。　ねねは　とにかく、
にげるしか　ありません。　ものおきの
中へと　もうダッシュです。　ここなら
だいじょうぶと　ホッとして、　耳を　すませていると、
みんなの　楽しそうな　話し声や　笑い声が　聞こえてきます。

　赤ちゃんだった時の　まこちゃんは　「キャッ　キャッ」「まんま」「わんわん」など　ねねが　聞いたことも　ない　言葉しか　おしゃべりしていなかった

のに　今は　おじいちゃんや　おばあちゃんと　同じような　言葉を　話しています。その上　時どき　「ねねちゃーん。まこちゃんだよー。出ておいでー」と何回も　大きな　声で　呼ぶのです。「ねねちゃーん」と　呼ばれるたびに　ねねは　むねが　ドキドキして　ぜんしんの　毛が　ピッと　さか立ちました。

おばあちゃんも　時どき　「ねねー。出ておいで。まこちゃんと　あそぼー」と　呼びかけました。そんなことが　何度も　くりかえされて、ねねは　おばあちゃんの　声と　まこちゃんの　声が　どっちが　どっちだか　わからなくなって　ものおきから　出て来てしまいました。おそる　おそる　声の　する方へ　行ってみると、おばあちゃんの　足より　ずいぶん　小さな　足が　ニョキッと　2つ　見えました。見上げてみると、まこちゃんが　目の前に　ドーンと　立っていました。ねねは　びっくりして　またまた　毛が　ぜんぶ　さか立ちましたが、とっさに　前に　テレビで　見た　ライオンを　思い出しました。ねねは　テレビの　動物ばんぐみが　大すきで、鳥や　動物が　出てくると

かならず　じーっと　見ています。　テレビの　中の　ライオンは　「ガォーッ」
と　ほえていて、　ねねは　それを　カッコいいと　思って　あこがれていました。
　そこで　ライオンの　ように　ほえて　おどろかそうと
思い、　ねねは　ゆうきを　出して　ほえてみました。
ところが　ねねの　口から　出た　声は
「ガォーッ」　ではなく　「シャーッ」　でした。
ねねは　「ガオ　ガオ　ガオ」と
ほえている　つもりでしたが、
まこちゃんにも　パパや　ママにも
「シャー　シャー　シャー」
としか　聞こえませんでした。
ねねは　さぞかし　まこちゃんが
おどろいているだろうと　思い、

まこちゃんを　見上げてみましたが、　まこちゃんは　にっこり　笑って　上からねねを　見ていました。　そこで　もう一度　大きく　いきを　すって　「ガオガオ　ガオ　ガオ」と　ほえてみましたが、　まこちゃんには　「シャー　シャーシャー　シャー」と　「シャー」が　1回　おおく　聞こえた　だけでした。　そして　まこちゃんが　しゃがんで「ねねちゃん。まこちゃんと　なかよくしてね」と　にっこり笑って　ねねに　さわろうと　手を　のばしたその　しゅんかん、　ねねの　方がおどろいて　ピョンピョンと　2、　3歩後ろにとびはねてしまいました。

でも　「あれ？　こわくないかも」と　思った　ねねは、　そのあとは　ものおきに　かくれなくなりました。　そして　まこちゃんの　ことが　気になって少し　はなれた所から　じーっと　まこちゃんを　見ているように　なりました。

まこちゃんは　動き回って　じっと
していないので、　ねねは　あっちを　見たり、
こっちを　見たり、　まるで　サッカーの
しあいを　見ているかのように
目を　キョロキョロ　させていました。
　ある日　まこちゃんが　お昼ね
していると、　ねねは
まこちゃんの　そばへ　行き、
じーっと　まこちゃんを
見ていました。
ぐっすり　ねむっていて
動かないので　安心して
見ていられました。

ねている時は、　おいかけられることは　ありません。　それに　なんとも　かわいい　ね顔です。まこちゃんを　見ていた　ねねも　ねむくなって　いつの間にか　ねむってしまいました。　まこちゃんと　ねねが　いっしょの　おへやでお昼ねしています。　それも　まこちゃんが　手を　のばしたら　ねねに　さわれるくらい　近くで。

おばあちゃんは、　まこちゃんと　ねねが　いっしょに　あそべる日も　近いな　と思い　うれしくなりました。

　そして、「ねこ　まこ　ねこ　まこ　なかよくなーれ」と　ふたりに　向かって　まほうの　言葉を　つぶやきました。

4　おそろい　マスク

　まこちゃんは　3才に　なりました。　そのころ、　日本でも　しんがたコロナという　びょうきが　はやっていて　世界中の　人たちが、　そのびょうきに　かからないように　マスクを　していました。　まこちゃんが　どこかへ　お出かけしても、　マスクを　している　人ばかりです。
　まこちゃんの　パパも　ママも　保育園の　先生たちも。　そして　まこちゃんも。
　ところが　まこちゃんは　マスクが　大きらいです。　いつも　じゃまな　かんじが　するし、　いきも　しにくいし　耳も　いたいし　時どき　あそんでいると　上に　ずれて　前が　見えなくなって　ころんだりも　します。　いやなことだらけです。
　でも　保育園や　お店に　買い物に　行く時も　「まこ、　マスク　するよ」

と　パパも　ママも　言います。「いやっ！」と　言うと、「じゃあ　お出かけできないよ！」と　言われます。買い物に　ついて行かないと、すきな　おやつが　えらべません。保育園でも「マスク　いやっ！」と　言うと「じゃあ　お友だちと　あそべないよ！」と　先生に　言われます。あそびたい　まこちゃんは　しかたなくマスクを　つけます。いつも　いつも　いつも　マスク、マスク、マスク。

まこちゃんは　思います。

「マスクなんて　大っきらい。どこか　とんでけー」と。

まこちゃんが　マスクぎらいなことを　パパから　聞いた　おばあちゃんは、

「お家でも　保育園でも　マスクのことで　しかられているなんて、こまったなぁ〜」と　思いました。でも　おばあちゃんも　マスクなんて　大きらいでした。一日も　早く　マスクが　いらない日が　来ることを　ねがっていました。おばあちゃんは　まこちゃんたち家族とは　はなれて　くらしているので、

遠くからでも　何か　してあげられることは　ないかと　考えました。
「マスクが　きらいじゃなくなる　何か　いい方法は　ないかなぁ？」と　いっぱい　いっぱい　考えました。

おばあちゃんは、パパと　ママと　まこちゃんが　大事だから　パパと　ママと　まこちゃんには　マスクを　つけてほしいと　思っています。パパと　ママは　まこちゃんが　大事だから　まこちゃんに　マスクを　つけてほしいと思っています。

「じゃあ　まこちゃんが　大事なのは？？？？」と　考えました。すると　とつぜん　おばあちゃんは「いた！　いた！」と　思いつきました。まこちゃんが　とくべつに　大切に　している　うさぎと　もぐらの　ぬいぐるみです。うさぎの　コンちゃんと　もぐらの　モグが　いました。そこで　おばあちゃんは　まこちゃんと　コンちゃんと　モグに　マスクを　作ってあげようと　思いました。かわいい　マスクを　作らなくちゃと、まず　白い　小さな　お花も

ようの　ピンクの　布を　えらびました。

「コンちゃんの　口と　はなって
どんな　大きさだったっけ？」

「モグの　はなって　ちょっと
とんがってたっけ？」

「どのくらい　とんがってたっけ？」

「イチゴみたいな　形だったっけ？」

「このくらい？　このくらい？」

おばあちゃんは、まこちゃんの　お家で
会ったことのある　コンちゃんと　モグの　顔を　よーく　思い出してみました。

「こんな　かんじかな」　と　ピンクの　布を　チョキチョキ　はさみで　切って、はりと　糸で　チクチク　ぬいました。「マスクの　ゴムの　長さは　これくらいかな？」と　目を　つむって　コンちゃんと　モグの　顔を　また　思

い出して　ハサミで　ゴムを　チョキン。マスクの　りょうはしに　ゴムが通る　細い　トンネルも　２つ　作り、ヘアピンで　細い　ゴムを　はさむと、ムクムクムクッと　トンネルの　中を　通し、はしっこと　はしっこを　むすんで　できあがりっ！

おばあちゃんは　またまた　目を　つむって　この　マスクを　した　コンちゃんと　モグを　思いうかべてみました。すると　その　となりで　よろこんでいる　まこちゃんの　すがたが　見えたような　気が　しました。

うれしくなった　おばあちゃんは　はりきって　同じ　布で　まこちゃんのマスクも　作りました。コンちゃんと　モグと　おそろいです。一番　マスクを　いやがらずに　つけてほしいのは　まこちゃんです。

まこちゃんは　みんなの　宝ものだから　びょうきに　なって　ほしくありません。

さっそく　できた　マスクを　まこちゃんの　家に　送りました。

つぎの　つぎの日、とどいた　マスクを　手に、ママは「まこ、見て　見て！　おばあちゃんが　コンちゃんと　モグに　マスクを　送ってくれたよ」と　2つの　マスクを　まこちゃんに　見せました。

まこちゃんは　マスクが　きらいなはずなのに　コンちゃんと　モグの　マスクを　見て　大よろこびです。

「コンちゃん、モグ、よかったね。マスク　つけてあげるね。びょうきになったら　いけないから　つけてね」と、形も　大きさも　ぜんぜん　ちがう2つの　マスクを「こっちが　モグので　こっちが　コンちゃんのかな？」と、よく　見くらべながら　うれしそうに　それぞれに　つけて　あげました。

すると、マスクを　つけた　コンちゃんと　モグを　見ていた　まこちゃんは「まこちゃんのは？」と　ママを　見上げて　聞きました。

ママが「まこは　マスクが　きらいでしょう？」と　言うと、すかさず　まこちゃんは、「やだっ！　まこちゃんだって　おんなじ　マスク　したい！」

と　泣き出しそうな　顔を　しています。それを　聞いて　ママは　「よしよし」と　ホッと　しました。おばあちゃんの　マスクさくせん　大せいこうです。

じつは　ママは　まこちゃんの　マスクも　ちゃんと　ポケットの　中に　持っていて、まこちゃんが　こう言うのを　まっていたのです。

ママが「ホント？　ホントに　マスク　したいの？」と　聞くと、まこちゃんは「うん！」と　大きく　うなずきました。

ママが　まこちゃんの　顔を　のぞきこんで「まこのも　あるよ」と　言って　ポケットの　中から　まこちゃんの　マスクを　出すと、まこちゃんの顔が　パーッと　明るく　なりました。目も　キラキラ　しています。うれしくなった　まこちゃんは、お家の　中だから　マスクを　しなくても　いいのに、おそろいの　マスクを　つけました。３つの　マスクは　形も　大きさもそれぞれ　ちがうけど、３人だけの　おそろい　マスクです。

　そして　おそろい　マスクを　した　コンちゃんと　モグと　まこちゃんで

あそびました。
それから　というもの、　まこちゃんは　保育園に　行く　前に　マスクを
するのを　いやがらなくなりました。
まずは　コンちゃんと　モグに
つけてあげて、　それから
自分に　つけると、
コンちゃんと　モグに
「行ってきまーす」と　言って
出かけていくように
なりました。
しばらくして、　ピンクの
おそろい　マスクを　つけている　コンちゃんと
モグと　まこちゃんの　しゃしんが　おじいちゃんと

おばあちゃんの　家に　とどきました。

　マスクを　していても　まこちゃんが　笑顔で　いるのが　わかります。しゃしんの　後ろの　方で　小さく　うつっている　パパも　笑顔です。きっとママが　この　しゃしんを　とって　送ってくれたんだな、と　思いました。

　ママの　しゃしんで　おばあちゃんの　気持ちは　ポカポカ　あたたかくなりました。すっかり　うれしくなった　おばあちゃんは、まこちゃんが　持っている　ほかの　ぬいぐるみたちの　マスクも　作ることに　しました。まこちゃんの　家で　会った　いろいろな　大きさの　いろいろな動物の　マスクを　そうぞうしただけでおばあちゃんは　とっても　楽しくなりました。次は　おばあちゃんの　すきな　水色の布で　作ろうかな？　と　おばあちゃんの楽しみは　どんどん　ふくらんでいきました。

5　ねね　まこちゃんちに　行く

ねねが　5才の時の　ことです。　おじいちゃんと　おばあちゃんは　遠くはなれた所に　住んでいる　まこちゃんの　お家に　行くことに　なりました。　しんかんせんに　のって　行きます。　ねねは　しんかんせん　どころかふつうの　電車にも　バスにも　のったことが　ないので　おじいちゃんと　おばあちゃんは　ねねを　つれて行くか　どうか　話し合いました。

「ペットホテルで　あずかってもらう」

「3日間　お家で　おるすばん　してもらう」

「つれて行く」

という　3つの　方法が　あります。

まず、　おじいちゃんは　ペットホテルが　どんな所か　しらべに　行きました。　ペットの　動物を　大切に　あずかってくれる　所ですが、　動物どうしが

ケンカを　して　ケガを　しないように　べつべつの　ケージという　カゴの中に　入れておくそうです。　3日間　出られません。　ねねは　家の　中を　自由に　歩いているので　カゴの　中に　ずっと　いるのは　つらいでしょう。

次の　おるすばんですが、　夜の　くらい　へやの　中で　ポツンと　ひとりで　さみしくしている　ねねを　そうぞうしてみました。　ねねは　おじいちゃんと　おばあちゃんの　車が　それぞれ　車こに　入ると　げんかんまで　むかえに　来ます。　音で　かえって来たのが　わかる　ようです。　かえって来るのをまっているのです。　3日間も　まちつづける　ねねを　そうぞうすると　かわいそうで、　おるすばんも　やっぱり　だめです。　つれて行くしか　ありません。

でも、　ねねは　ねこなので、　のりものに　のる時は、　動物ようの　カバンの　中に　入らなくては　いけません。　ねねの　カバンは　黒くて、　りょうわきと　そこいがい、　前も　後ろも　上も　あみに　なっています。　お外が　よく見えます。　足も　ゆっくり　のばせる　大きさです。

でも　ねねは　その　黒い　カバンが　大きらいでした。　なぜなら、　その　カバンに　入るのは、　お医者さんに　つれて行かれる時で、　いたい　ちゅうしゃを　されたり　つめを　切られたり　するからです。　とても　こわいことを　される　前に　入れられるのです。　あまりに　こわくて、　カバンの　中に　入れられた　とたん　オシッコを　もらしてしまうことも　ありました。

でも　今回は　ちがうようだと　ねねは　思いました。　おじいちゃんも　おばあちゃんも　いつもより　オシャレして、　ねねの　カバンの　ほかに、　大きな　カバンを　1つずつ　持っています。　ちゅうしゃに　行く時は、　こんなふんいきでは　ありません。

そして「まこちゃんの　所に　行くから、　この中に　入って」と　言うのです。

ねねが「ほんと？　ほんとに　ほんと？　お医者さんじゃないよね？」と　思いながら　カバンから　はなれた所で　かたまっていると、　おじいちゃんに

ひょいと　体を　持ち上げられ　カバンの　中に　入れられました。　そしてファスナーが　ジャーッと　しめられました。　もう　出られません。

ねねは　ドキドキ　しながら　カバンの　中から　キョロキョロ　まわりを見ていました。　テレビずきの　ねねは　しんかんせんは　テレビで　見たことは　あります。　外がわは　見たことは　ありますが、　中は　見るのも　入るのも　はじめてです。

「何だ、　何だ？」と　カバンの　中でも　おちつきません。

しんかんせんの　中には　２つや　３つの　くっついた　いすが　ずらっとならんでいて、　人が　たくさん　すわっています。　大きな　ガラスの　まどがあって　お外が　見えました。

ガタンと　大きく　ゆれると　しんかんせんが　動き出しました。

ねねは　お家の　ベランダから　よその　お家や　畑、　田んぼや　山は　見たことが　あります。

だけど　しんかんせんの　中から　見る　よその　お家は、　ビュンビュン後ろに　走っています。　どの　お家も　みんな　いっしょに　後ろに　走っています。　畑や　田んぼも　ビュンビュン　後ろに走っています。　そしてあっと　いう間に見えなくなります。　山も　ずんずん後ろに　動いています。

ねねは　はじめて　見る　ふしぎなものたちに　びっくりです。　見たこともない　ものは　まだまだ　ありました。かならず　みどりと　黄色と　赤のじゅんばんで　ならんでいる　丸くてきれいなもの。　いろんな　所に　あります。お家よりも　大きな　お外の　おふろ。「何だ？　何だ？」と

思っているうちに、　気もちよく　カバンが　ゆれるので、　おばあちゃんの　ひざの　上の　カバンの　中で、　ねねは　いつの間にか　ねむってしまいました。

しんかんせんが　止まって、　カバンが　グラッと　大きく　ゆれて、　きゅうに　今までより　高い所が　見えるように　なりました。　おじいちゃんが　ねねの　カバンを　持ち上げたのです。

駅に　ついたようです。　すわっていた　人たちも　立ち上がり　しんかんせんから　おりていきます。

ねねも　しんかんせんの　外に　出ると、　たくさんの　人が　ザッザッザッと　同じ方を　向いて　歩いていくのが　カバンの　中から　見えました。　するとねねは、　いつか　まこちゃんが　ねねの　お家の　ベランダで　おとした　アイスクリームに　むらがっていた　黒い　たくさんの　ありたちを　思い出しました。

あの時の　ありたちのように　どこから　あつまって来たのだろうと　ふしぎな　くらい　たくさんの　人が　いました。

カバンの　中で　ゆられながら、「何だ？　何だ？」と　思っていると、「ねねちゃーん」と　聞いたことのある　声が　遠くから　聞こえて来ました。そして　その「ねねちゃーん」という　声は　だんだん　大きく　聞こえて来るように　なりました。

　まこちゃんです。　また　少し　大きく　なっています。まこちゃんが　手をふりながら、ピョンピョン　とびはねているのが　カバンの　中から　見えました。

　まこちゃんと　パパと　ママが　駅の
かいさつ口まで　むかえに
来てくれていました。　いつもは
おいかけられて　こわかった
まこちゃんですが　こんな
所で　まこちゃんに
「ねねちゃーん」と　よばれて

ねねは　なんだか　うれしくなりました。

　まこちゃんの　家に　つくと、おじいちゃんが　「ねね、えらかったな、がんばったな」と　カバンの　ファスナーを　あけて　頭を　なでてくれました。しんかんせんに　のっている時は　お水を　あげても　のまず、おばあちゃんが　ねねの　大すきな　ピカピカの　紙で　つつまれた　おやつを　見せても知らんぷりでした。いつもは　その　おやつを　見ると　「早く　むいて。早く！　早く！」と　「ニャー　ニャー」　おばあちゃんを　せかすのに。黒いカバンの　中に　入っていたので、その　大すきな　おやつが　いらないほど、ずっと　不安な　気もちで　いたのでしょう。ねねが　ちぢこまっていた　体をうーんと　のばして　おそる　おそる　カバンから　出ると　目の前には　にっこり　笑っている　かわいい　まこちゃんの　顔が　ありました。

　ねねは　いつもなら　まこちゃんに　むかって　「シャーッ」と　言うのですが、今回は　ペコリと　おじぎを　しました。ねねの　〝おじゃまします〟で

す。そして　ひとまず　まこちゃんの　お家の　中を
たんけんしてみることに　しました。
こうきしんおうせいな　ねねには
まこちゃんの　お家の　中は　「何だ？
何だ？」　だらけです。見たことの
ない　楽しそうなものが　たくさん
あります。

　まこちゃんの　お家に　２つ
おとまりして、帰る日に
なりました。ねねは　また
黒い　カバンの　中に　入らなくては
いけません。でも　黒い　カバンの
中に　入っても、こんなに　わくわくする

所に　つれて来られる　ことも　あるのだと　知った　ねねは、がまんできそうだなと　思い、にんじゃのように　シュッ！　と　カバンの　中に　入りました。ねこの　にんじゃ〝ニャンじゃ〟に　へんしんです。

帰りの　しんかんせんの　中で　おばあちゃんは　ねねに、お外に　見えるものを　いろいろと　教えてくれました。来る時にも「何だ？　何だ？」と思った　みどりと　黄色と　赤の　じゅんばんで　ならんでいる　きれいな　丸いものは「信号」。お家よりも　大きな　お外の　おふろは、「学校の　プール」。おばあちゃんは　ひざの　上に　黒い　カバンを　かかえ、中に　いるねねに　話しかけています。おばあちゃんの　ひざの　上は　ぽかぽか　あたたかくて　いい　気もちです。「でも　信号って　何？　何で　1つだけ　ピカピカしてるの？　学校って　何？　プールって　何？　何する所？」と　こうきしんおうせいな　ねねは、「何だ？　何だ？　何だ？」の　気もちで　いっぱいに　なりました。

6　パールちゃん　おうちに　来る

まこちゃんは　4才に　なりました。　小さいころから　動物が　すきですが、とくに　うさぎが　大すきです。　まこちゃんの　ママも　うさぎが　大すきです。　まこちゃんの　家には、　うさぎの　ぬいぐるみ、　うさぎの　絵が　ついている　お皿や　タオル、　うさぎグッズが　たくさん　あります。

ママは　子どものころ　うさぎと　くらしていたことが　あります。

ある日、　うさぎが　お家に　来てくれたら　楽しいだろうなぁーと　思ったパパと　ママは　まこちゃんを　つれて、　うさぎの　いる　ペットショップへ行きました。　そこに　いる　うさぎや　犬や　ねこたちは　ペットショップで出あった　人の　お家で　いっしょに　くらすことに　なります。　そしてその　お家の　家族に　なります。

パパと　ママは　小さな　赤ちゃんうさぎを　さがす　つもりでした。　赤

ちゃんうさぎは　かわいいし、　赤ちゃんうさぎが　おじいさんや　おばあさんに　なるまで　ずーっと　長く　いっしょに　いられるからです。

「うさぎは　いないかなぁ？」と　3人で　お店の　中を　歩いていると、すみっこの　カゴの　中に　いる　黒と　白の　大きな　うさぎが　目に　とびこんできました。「モォ〜ッ」と　鳴く　牛を　小さくしたような　黒と　白の　もようの　大きな　うさぎです。　おじいちゃんと　おばあちゃんちの　ねねよりも　ずーっと　大きいのです。

うさぎも　犬も　ねこも　小さな子ばかり　いる　中で、　大きな　うさぎが　きゅうくつそうに　カゴの　中に　入っています。　ふしぎに　思った　パパが　お店の人に　「この子は？」と　聞きました。　すると、「この子は　前は　ブリーダーさん　という人の　所に　いて、　子どもを　たくさん　うんだんです。でも、　もう　3才くらいに　なったので、　ブリーダーさんは　子どもを　うませるのは　やめることに　して、　ここに　つれて　来たんですよ」と　話して

くれました。 パパと ママは じぃーっと
その うさぎを 見つめました。
パパも ママも おたがいに
口には 出しませんでしたが、
「この うさぎは たくさん
赤ちゃんを うんだり、
うんだ 子うさぎと さよなら したり、
大変な 思いを
たくさん してきたんだな」と 思いました。

そして しばらくすると パパと ママは 顔を 見あわせて、「この子に
しない?」と ふたり そろって 言いました。 パパも ママも 「この うさ
ぎを しあわせに してあげたいな」と、 同じことを 思ったのでした。

さて、 まこちゃんの 家に うさぎが やって来ました。

まこちゃんは　うさぎの　ぬいぐるみは　小さいのやら　大きいのやら　いくつか　もっていましたが、　ほんものの　うさぎが　やって来たのです。　ゆめのようです。

うれしくて　うれしくて　ピョンピョン　とびはねて　大はしゃぎです。　名前は　パールちゃんに　なりました。

今まで　パールちゃんは　体が　大きいのに　ざぶとん　1枚くらいの　広さの　カゴの　中で　ずっと　くらしていたので、　まこちゃんの　お家は　まるで　原っぱのようです。　どこまでも　どこまでも　ピョンピョン　とびはねて行けます。

それに　いろいろな　原っぱが　あります。

おいしい　においが　する　原っぱ。　うっかり　入ると、　パールちゃんの足が　ぬれてしまう　原っぱ。　時どき　おなかまで　ビショビショに　なります。　そして　だんだんに　なっている　原っぱ。

それから　ほかよりは　小さい　原っぱでは、時どき　ジャー　とか　チョロチョロチョロって　音が　します。パパも　ママも　まこちゃんも　一日に何回も　入っていきます。

カゴの　中では　ちょっと　歩くと、頭を　ゴツン！　また　ちょっと　歩くと　おしりを　ゴツン！　ゴツン！　ゴツン！　と　ぶつけていたけど、もう　どこにも　ゴツンは　ありません。

あとで　まこちゃんが　教えてくれました。

「おいしい　においが　する　所は　台所。英語で　キッチン　って　言うんだよ。パールちゃんの　足が　ぬれちゃう　所は　おふろ。英語で　バスルームね。だんだんに　なっている　所は　2かいへ　行く　かいだん。パールちゃんは　のぼれないから　まこちゃんが　だっこして　つれて行って　あげるね。そして　時どき　ジャー　とか　チョロチョロって　音が　する所は　トイレ。まこちゃん、かいだんと　トイレの　英語は　知らないから、

こんど　ママに　聞いて　教えてあげるね」

まこちゃんは　何でも　教えてくれます。よく　絵本も　読んでくれます。

おばあちゃんから　まこちゃんに　来た　手紙も　かならず　読んでくれます。

パールちゃんは　まこちゃんの　お話が　おわるまで、まこちゃんの　となりで　ピッタリと　体を　くっつけて　聞いています。まこちゃんの　お話が大すきです。

ママは「たくさん　食べてね」と　おいしい　やさいを　お皿に　入れてくれるし、パパは　そばに　行っただけなのに「おりこう。おりこう」と言って　頭から　しっぽまで　ゆっくりと　何度も　何度も　なでてくれます。気もちが　よくなって　ついつい　パパの　足もとで　ねむってしまいます。

だけど　一番すきなのは　やっぱり　まこちゃんと　いっしょに　いる時です。

まこちゃんは　保育園から　帰ると　まっさきに　パールちゃんの　所にやって来ます。

そして「ただいま。 いい子で おるすばん してた?」
と あたまと 耳を なでてくれます。 いっぱい お友だちの
お話も してくれます。
パパと ママが はじめて
パールちゃんに 会った時の、
「この うさぎには
しあわせに
なってほしい」
という ねがいが
かなっているようです。

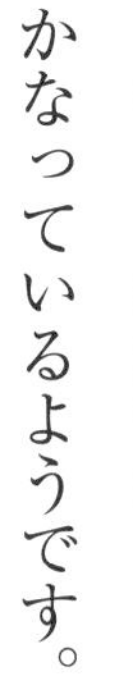

7 まこ がまん

ねねは 6才に なりました。 体も 大きく なって、 すっかり 大人のねこですが、 おじいちゃんと おばあちゃんに とっては 子ねこちゃんのままです。 いつまでも 大切な 宝ものです。

6才の ねねにも こわいことが 2つ ありました。 1つめは よぼうせっしゅの ちゅうしゃ。 ちゅうしゃに つれて行かれる時は 黒い カバンが 出て来るので わかります。 ねねは その カバンが 出て来ると、 口を四角にして すぐに ものおきに かくれます。

ねねが この 黒い カバンが 大きらいなことを 知っている おじいちゃんは、 いつもは ねねに 見せないように 押し入れの 奥に しまっておきます。

2つめは、 一年に 2回か 3回 やって来る まこちゃんに おいかけられることです。まこちゃんは　ねねのことが　大すきで、　なでたり　さわったりしたいだけなのですが、　ねねは　おいかけられるのが　こわくて　たまりません。そして　来るたびに、　まこちゃんの　おいかけて来る　スピードも　どんどん　はやくなっています。すばやく　ものおきへ　にげこんで　かくれます。ねねは　かくれる　名人です。いきを　ひそめ、　もの音一つ　させず、　どこにも　いない　ふりを　するのです。でも　おじいちゃんと　おばあちゃんだけは、ねねが　かくれる　場所を　知っています。いつも　同じ　所に　かくれているからです。これは　おじいちゃんと　おばあちゃんと　ねねだけの　ひみつです。

　さて　ある日の　ことです。まこちゃんが　パパと　ママと　いっしょに、おじいちゃんと　おばあちゃんの　家に　やって来ました。げんかんの　方から「ねーねちゃーん、　来たよー」と　聞いたことの　ある　元気な　声が　聞こえてきました。ねねは　いっしゅん　ドキッと　しましたが　声の　する方へと　足音を　立てないように　しずかに　そろり　そろりと　行ってみました。そして　そーっと　ドアの　後ろに　自分の　体を　半分　かくして　声の　する　方を　見てみました。やっぱり　まこちゃんです。この前よりも、また　大きく　なっています。まこちゃんは　もう　5才です。ねねは　ドアの　後ろに　自分の　体を　半分　かくしているので、まこちゃんには気づかれないだろうと　思っていましたが、

「あっ！　ねねちゃん！」と
あっけなく　見つかって
しまいました。
ねねを　見つけた
まこちゃんは　うれしくて
ピョンピョン　とびはねています。
すると　ねねの　ぜんしんの
毛が　サッと　さか立ち、

足が　つまさき立ちに　なったかと　思うと、　もうダッシュで　ものおきへとにげて　行きました。　そして　いつもの　所に　ドキドキしながら　かくれました。いきを　ひそめ、　少しも　動かず　まわりに　おいてあるものと　同じように　なりました。　そして　耳を　ピンと　立て　聞こえてくる　音にしゅう中しました。

　しかし　しばらくすると　ねねは、「あれ？　あれ？　なんだか　おかしいぞ」と　首を　かしげました。　まこちゃんが　おいかけて　来ないのです。時どき「ねーねちゃーん」と　遠くで　呼ぶ声は　聞こえます。でも　いつもの　おいかけて来る　足音が聞こえてこないのです。

「あれ？　あれ？　あれ？」

　それからも　じーっと　動かずに、　ねねは耳を　ピンと　立て　聞こえてくる　音に

しゅう中しました。　しかし　どんなに　まっても　まこちゃんの　足音は　近づいて来ません。

「あれ？　おいかけて来ないの？　さがさないの？」と　ねねは　ホッと　しましたが、ふしぎに　思いました。

じつは　まこちゃんが　おいかけなかったのには　わけが　ありました。おじいちゃんと　おばあちゃんの　家に　来る　とちゅうの　しんかんせんの　中で、パパと　ママから　「ねねちゃんは　おいかけられるのが　こわいから、おいかけたら　だめだよ」「ねねちゃんに　きらいって　言われたら　いやでしょう？」と　言われていました。

ねねが　にげていったのを　見た　まこちゃんは、「ねねちゃんって　言っただけ　なのに。まだ　おいかけてないのに」と　悲しそうな　声で　ポツリと言いました。まこちゃんは　パパと　ママに　言われたことを　ちゃんと　守ろうと　していたのです。　ねねと　なかよく　なりたかったのです。

まこちゃんの　泣きだしそうな　顔を　見た　パパは「おいかけなかったらねねの　方から『何だ？　何だ？』って　まこの　所に　やって来るよ」と言いました。すっかり　しょんぼりしてしまった　まこちゃんは、「うん」と小さく　うなずくだけでした。

ねねは　というと、いくら　まってもまこちゃんが　おいかけて来る　けはいがないので、かくれるのを　やめて　みんながいる　へやの　前まで　行ってみることにしました。気に　なるのです。

でも、ねねを　見つけた　まこちゃんが

「あっ！　ねねちゃん！」

と　大きな　声を　出すと、ねねは　また　サッと　にげて　行きました。　またまた　まこちゃん　しょんぼりです。

さらに　しばらくして　また　へやの　前まで　もどって来た　ねねを　見つけると「あっ！　ねねちゃん！」と　まこちゃんは　うれしくて　立ち上がってしまいますが、おいかけるのを　がまん　がまん。

こんなことが　何度か　くりかえされたあと、ねねは　みんなが　いる　へやの　中に　そろり　そろりと　入って来るように　なりました。そして　おじいちゃんの　となりまで　やって来ると、ゴロンと　ねころびはじめたのです。そこへ　いっしょに　あそびたい　まこちゃんが　そろり　そろりと　ねこじゃらしを　もって　近づいて行くと、また　ねねは　サッと　にげて　行きました。おいかけたいけど、がまん　がまん　がまん。

しかし　まこちゃんが　来てから　2日目に　なると、ねねは　まこちゃんの　すぐ　そばを　すーっと　通って行くように　なりました。今までは　まこちゃんから　はなれた　所にしか　いませんでしたが　近くまで　来るようになりました。

そして　3日目。　まこちゃんが　お絵かきを　していると　ねねは　「何だ？
何だ？」と　少しだけ　はなれた　所まで　見に　来るように　なりました。ね
ねは　とっても　こうきしんおうせいです。　まこちゃんと　おばあちゃんが
キッチンで　プリンを　作っている時も、
「何だ？　何だ？」と　近くで
ウロウロ　しています。

そして　ねねが　ゆだん
した時だけ　まこちゃんは
しっぽの　先を　ちょっとだけ
さわれるように　なりました。
まこちゃんは　大よろこび。
ねねの　しっぽは　ふわっふわです。

4日目。　まこちゃんが　帰る日の　ことです。　今日で　おわかれなので　ま

こちゃんは　どうしても　ねねと　ねこじゃらしで　あそんでみたいと　思いました。まだ　あそんだことが　ありません。いつでも　あそべるように　朝から　ずっと　ねこじゃらしを　後ろに　かくして　もっていようと　決めました。ふさふさした　ピンクの　ねこじゃらしを　おじいちゃんや　おばあちゃんが　もつと　ねねは　とびついて　むちゅうに　なって　あそぶのを　まこちゃんは　見て　知っています。

　まこちゃんは　ねねが　近くに　来たら　シュッと　出して　あそぶ　チャンスを　ねらっていました。でも　なかなか　今日は　近くに　来ません。テレビを　見ている時も　まこちゃんは、手に　ねこじゃらしを　もったままです。しかし　テレビに　むちゅうに　なると　すっかり　かくすのを　わすれてしまって　ねねに　ねこじゃらしを　見られていることに　気づいていませんでした。

　ねねは　大すきな　ピンクの　ふさふさの　ねこじゃらしが　気になって　しかたが　ありません。はなれた　所から　じーっと　見ていました。ねねも

とびつきたいのを　じっと　がまん　がまん。
ピンクの　ふさふさが　動くたびに　おしりを
ムズムズさせ　目を　キョロキョロ
させていました。テレビを　見おわって、
ねこじゃらしの　ことを　思い出した
まこちゃんが　後ろに　かくした
その　しゅんかん、　なんと　ねねが
まこちゃんの　後ろに　シュッと　やって来ました。
そして　ピンクの　ふさふさに　とびついたのです。
おどろいた　まこちゃんが　左手に　もっていた
ねこじゃらしを　右手に　もちかえて
まこちゃんの　目の前に　もってくると、　ねねも
前に　回りこんで、　りょう前足で　パシッと

ふさふさを　つかんだかと　思うと、　こんどは　ごろんと　ねころんで　じゃれています。　おなかを　上にして　ふさふさに　かみついたり、　足で　ピョンピョンと　ふさふさに　キックを　したり　もう　むちゅうです。　これには　まこちゃんも　びっくり。

そして　「キャーッ！　ねねちゃん！」と　うれしくなった　まこちゃんが　ねねに　だきつこうと　すると、　あまりに　近くで　まこちゃんの　顔を　見た　ねねは　おどろいて　口を　四角にして、　また　にげて　行きました。

でも　まこちゃんは　うれしくて　うれしくて　大はしゃぎです。　ねこじゃらしを　もったまま　ピョンピョン　とびはねて　よろこんでいます。　そばで　見ていた　パパは　「まこは　おいかけるのを　がまん　してたもんな」と　まこちゃんの　頭を　なでています。　ママも　「よかったね。　ねこせんぱい　来たね」と　まこちゃんの　せなかを　なでています。　3人で　大よろこびです。　まこちゃんは　うれしくて　たまりません。　はちきれそうな　笑顔です。

おばあちゃんも　うれしくなって
「まこちゃん　おいで」と　言うと、
ひざの　上に　来た　まこちゃんを
ぎゅーっと　だきしめました。
　そして、
「ねこ　まこ　ねこ　まこ
なかよくなーれ」
と　いつもの　まほうの
言葉を　つぶやきました。
　ねねと　まこがならんで
お昼ねできる　日が
早く　来ますように。

8 おばあちゃんが はじめて 書いた お話「まこ マコ Mako 真子」

まこちゃんが　3才の時の　ある日、おばあちゃんが　まこちゃんの　お家に　行った時の　ことです。まこちゃんは　テレビを　見ながら　楽しそうに大すきな　歌に　合わせて　ダンスを　していました。とても　じょうずです。

おばあちゃんが　おみやげを　わたしたくて　「まこちゃーん」と　呼んだのですが、へんじが　ありません。そこで　おばあちゃんは　ふざけて　「まこまこちゃ～ん」と　まこを　1つ　ふやして　呼んでみました。

すると　「なあに?」という　へんじが　かえって来たのです。おばあちゃんは　まこちゃんの　名前が　いつから　まこまこちゃんに　なったんだろうとびっくりしました。

つぎの日、まこちゃんが　大すきな　アニメを　見ていた時の　ことです。

おばあちゃんが 「まこまこちゃーん」と 呼んでも へんじが ありません。 そこで おばあちゃんは 「まこまこまこちゃーん」と きのうより また「まこ」を 1つ ふやして 呼んでみました。
すると 「なあに？」 という へんじが かえって来たではありませんか。 おばあちゃんは まこちゃんの 名前が 「まこ」 でも 「まこまこ」 でもなく「まこまこまこちゃん だったの？」と またまた びっくりしてしまいました。 どうして どんどん 名前が かわるのか おばあちゃんは ふしぎでたまりません。
そこで おばあちゃんは ついでに もう1つ 「まこ」を ふやして 「まこまこまこまこちゃん」と 呼んでみようと 思い、 ためしてみることに しました。
その つぎの日、 みんなで ごはんを 食べていた時の ことです。 デザートに いちごが 出てきました。 いちごが 大すきな まこちゃんに おばあ

ちゃんは　自分の　いちごを　あげようと　思い、「まこまこまこまこちゃん、いちご　いる？」と　聞いてみました。すると　「まこまこまこまこちゃんじゃないよ。まこちゃんだよ」という　へんじが　かえって来ました。「でも　きのう　テレビで　アニメを　見ていた時は　まこまこまこちゃんだったよ」とおばあちゃんが　言うと、まこちゃんは　声を　大きくして　「ちがうよ。まこまこまこちゃんじゃなくて　まこちゃんなの！」と　フォークを　もったままいすの　上に　立ち上がりました。でも　おばあちゃんは　つづけます。「ダンスを　していた時は、まこまこちゃんだったよ」と。

すると、まこちゃんは　「まこまこちゃんじゃなくて　まこちゃんなの！　まこは　1回だけ！」と　プンプンな　顔に　なっています。いすから　おちそうです。

　まこちゃん、まこまこちゃん、まこまこまこちゃん、どれが　ほんとうの名前か　わからなくなった　おばあちゃんは、ダンスを　していた時と、テレ

ビで アニメを 見ていた時のことを よーく 思い出してみました。

まこちゃんは ダンスと アニメが 大すきな 女の子です。 とくに 大すきな テレビを 見ている時は、 むちゅうに なっています。 きっと おばあちゃんが おみやげを わたそうと 「まこちゃん」と 呼んだ時も テレビに むちゅうに なっていて おばあちゃんの 声が 聞こえて いなかったのです。

おばあちゃんが 「まこまこちゃーん」と 呼んだ時は、 さいしょの 「まこ」が 聞こえていなくて、 さいごの 「まこちゃーん」だけが 聞こえていたのです。 大すきな アニメを 見ていた時も、 おばあちゃんが 「まこまこまこちゃーん」と 呼んでも さいしょの 「まこまこ」が 聞こえていなかっただけなのです。 それを おばあちゃんは 名前が かわったと かんちがいして おどろいていたのです。

おばあちゃんは 「まこ」 という 名前が 大すきです。 パパと ママが いっぱい 考えて つけた 名前です。 「まこまこ」 や 「まこまこまこ」

じゃなくて　よかったと　思いました。
保育園に　もって行く　ようふくや　くつ下に
「まこまこまこ」と　書いてあるより　「まこ」の
方が　すてきです。　それに　もしも　「まこまこまこ」を
「もこもこもこ」と　まちがえて　書いてしまったら、
「どんな　女の子なんだろう？」と、おすもうさんの
ような　女の子を　思いうかべるかも　しれません。
「まこちゃんで　よかった」と　思う　おばあちゃんでした。

小さかった真子へ

おばあちゃんが初めて書いたこのお話を、真子がどんな表情を浮かべながら
読むのだろうと想像するだけでわくわくしました。読んでくれてありがとう。

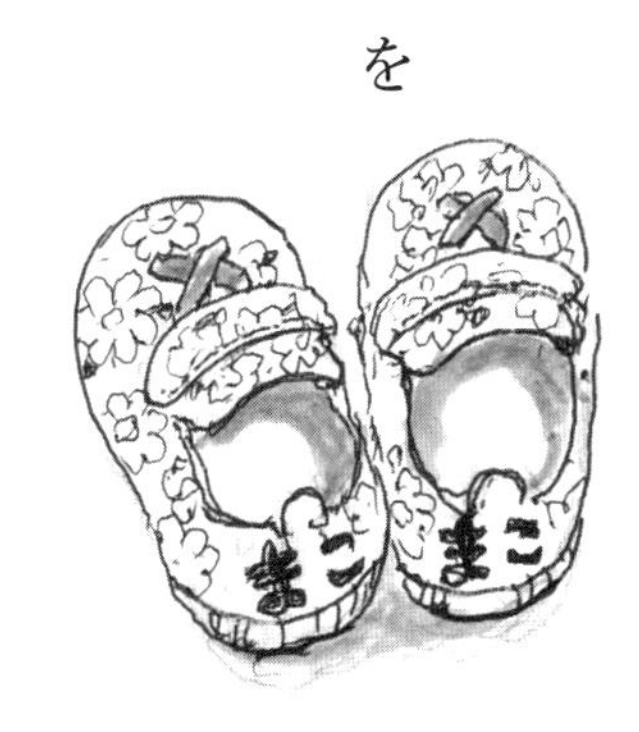

著者プロフィール

ふくだ ゆみ

1962年生まれ。新潟県出身。
石川県小松市に嫁いだ後、中学校に勤務。
現在は私立高校の英語の非常勤講師。
猫好き仲間で大先輩のひらこ先生にイラストをお願いしました。

きのした ひらこ／イラスト

1955年生まれ。
猫好き家系の遺伝子を色濃く受け継ぎました。
専門は猫科、ではなくて、国語科です。
中学校で国語教員として勤めていました。
岩合光昭さんのファンです。

ねこ まこ ねこ まこ　なかよく な〜れ

2023年 8 月15日　初版第 1 刷発行

著　者　ふくだ ゆみ
発行者　瓜谷 綱延
発行所　株式会社文芸社
〒160-0022　東京都新宿区新宿1－10－1
電話　03-5369-3060（代表）
03-5369-2299（販売）

印刷所　図書印刷株式会社

ISBN978-4-286-30121-1